装幀　片岡忠彦

天使の課題　目次

歌集

天使の課題

大津仁昭

角川書店

歌集　天使の課題

大津仁昭

ベテルギウスとリゲルのために——

きさらぎは裸眼に星が映るまで視力戻りぬ空のせせらぎ

相見ざる心を夜(よ)にだにきさらぎのベテルギウスとリゲルに移す

捕(とらは)れのなき身と成れば夢渡る明日(あす)の李下にて帽子(シャポー)を正す

スニーカーあまた川原に捨て置かれここ渉(わた)り行きし旅人は　誰

頼る者なにもなければ卓上に漢方薬の故郷を旅す

海彼より月娶(ユエ)りなむ春の夜も心の姉を歌にのみ訪ふ

鏡から過去の人々あふれ来て冥界の裁きなどわれに告げにき

病む子らははや宗教に導かれ　それ無き他所(よそ)の春を眺めつ

えり子様　あなたは明日もわたくしのお姉さんでゐて下さいますか

野薔薇よ　その蔓をいかに前(さき)の世の姉は見つめゐしか教へてよ

許されて或いは罰せられ来し世とや　それはそれとて春の三日月

夏省き

半額の心病みたる子猫買ふ命を惜しむ春の夕暮

髪の毛の奥に目がありむらさきに見開きこの世の後のみ眺む

春の夜のイオン交換　塩田の結晶に星の光は宿り

蒼白の霊夜毎佇(た)つ夢枕その裾すずしそよ風の死者

戻らなむ　言葉に言はずこの歌に詠(よ)めば明日より早春の母

あの世からこの世へ戻る方法のなけなしの名の天の橋立

陽光に家族並びぬ　われ以外みな影もたず冥界も春

人類がおよそ男女に分かれける前の入江の夜静かなり

喫煙の灰のみ海へ　吸殻はいづこの星雲を染めゐたるらむ

人類の増殖の町さまよへば性ののちなる愛の点在

春さなか公転止めて星かをる千年前の風ももろとも

朝露にケプラーの屍（し）もよみがへり響きゆたかに春のドイツ語

家の鍵テーブルの上（へ）に置かれをり　亡き母も今戻り来たるか

桜花（はな）冷えも午後に治まり美容室の床の捨て髪街にきらめく

大陸の先住民のハンカチの絵柄わが住む未知の列島

深夜なり鳩の形のクッキーにふと鳥族の胸肉香る

春宵や酒席乱れずしづかなり元(もと)より異星の友も混じれど

新緑の候　病院や公園に小人(こびと)溢れて人踏みまどふ

美少女の書く歌詞の恋破れけり共寝(ともね)の汗を五線紙に置き

性交も知らぬ幼き骨残す砂漠は異性の喩(たと)へだらうか

天界が送るこの世の春がすみわたしの理性を被ひさへせず

幼年期夜九時以降未知の時刻(とき)　夢にのみ見し父母の交合

半島へ春のフェリーが出港す岸辺の底も黄の花散らす

神の目を閉づべく仏間の電気消し洗濯物の白き真昼間

南から夜の手が伸び複数の陶器の細き腕も混じれる

みんなみの漁夫に生まれて末期まで万夜も潮の性交の夢

鏡台が映す陶器の花の柄　わが死後も同じ眺めにあらむ

春の夜の何の星座か下半身ひとに似て清らに精液こぼす

夏省きなば一気に秋が訪れて成るも成らぬも十代の恋

春ながら秋詠むこころ　幾年の枯葉を踏みしわれの思春期(ピュベルテ)

蔓薔薇をたぐり寄すれどその香まで届かぬままの杳(とほ)き面影

つはぶきの黄(き)の一斉の花野かな夏の姿の名残だになし

マフラーを巻くなど誰に教はりし　架空の姉の名を風に問ふ

屋上の遊園地にてわれの外(ほか)だれも幼児のゐない秋晴れ

生まれしは東方の国　乳児期の季節外れの葉擦れ　マロニエ

北半球すでに日差しは秋を指す　亡母の墓に蝶の影さす

秋彼岸マロニエを母の墓地に置く「時」なき永久(とは)の初夏の祝ひに

詩を措けば暦は盛夏　日めくりを明日より過ぎし「思春」に戻す

吹奏楽部合宿地水見色（みづみいろ）こころの姉の半袖の夏

心臓が硝子なりせば搏動のたびに涼しき朱夏の「姉」あり

星と夏互（かたみ）に言葉響きをり人語以外の祭さへ見き

淵深み青き翳なす底にのみ見ぬ世の罪の潜むと言ふや

後付(あとつ)けの恋だに欲しき　いいえ夏の十七歳の「姉」をさながら

綺想曲第15番変イ長調「秋」

ビル群に囲まれ古き庭と池　神式婚礼の幻を見つ

恋はいさ愛の平和も事尽きて秋のあらしに身を洗はしむ

身を洗ふ　さしも知れずに純白の石鹼古き汗の香放つ

蟬たちをはかなむ朝の草原（くさはら）と同じみどりに心を溶かす

苦蓬酒（アブサント）わづかの水に濁るともそのみなかみに住み果つる恋

何捨てて今のわが身や　卓上の整図に残す恋の輪郭

横縞のトリコロールのワンピース　いつのいづこの秋晴れの下

雛菊を花占ひに使ひ切りその身を捨てて帰れなどせず

鰯雲誘惑されて地に落ちぬ花野ひそかに寄り添へる夜

神無月　神なきならば湯あがりの片足そつと踏絵に乗せぬ

足裏に涼しき祖母の声「きみはもとより生まれていない」――嘘つき

白壁に無数の目が現はれ　潰されクリーム色になりし昔

骨格は未だ健全　地球人の標本として誰に会ふとや

流行歌に世になき恋を唄ふから本来の妻櫻田淳子

枕辺に「未来のイヴ」を呼び寄せて愛語一言聞く　朝となる

鹿の角まだ血を含み袋なすその内側に帰りたきまで

唄に聴く水着の跡の白さより渚を渉る秋の狩人

そのかみの鷹匠たちの収穫の夜の歌姫はタイスのごとし

枯れ枝に柿たわわなり流されし緑の行方誰に問はまし

切岸のモルタル舗装　紅葉に病を癒やす秋の限りを

窓外に異星の人の長き手指より結ぶ露有明の霜

透視せり一家団欒　亡き家族われ産む前の秋の景色を

書棚から崩れて落ちし文庫本そのまま砂に埋もれてゆくさ

明時（あかとき）に命の尽くる者多し　「愛より先にキスをください」

たそがれとかはたれ時を直結し昼夜なき身を十八に置く

皮なしのウィンナソーセージ一袋　素肌の天の川（ミルキーウェイ）のために

水道の蛇口を止めて満杯の水筒に一尾金魚を隠す

朝食のクロワッサンは三日月に似ても似つかぬ胎児漂着

神式の婚儀の朝の幻のあり得しかわが条件法過去

なほされどその夜を限り子を造る他人の威儀が夢暑くせり

なぜわれにありなしの「なし」だになきと鳴く秋の声誰からの声

晩夏から刈らぬ庭草茫茫と末期のごとし身籠るごとし

明くる日はわが新生の初日にて赤蜻蛉舞ふすでに夕暮れ

まだ読まぬ『僧の婚礼』おそらくは流出のなき湖（うみ）に終はらむ

伊藤武雄（たけお）訳のマイエル脇に置き心騒立つ言葉静まる

一錠のリーゼ食後に若き日のリーベをよそに熱き身の秋

サックスを全身白に塗り変へてさながら湖(うみ)に捨ててしまはむ

遠き地の菩提寺の庭波立ちぬ幾千の霊駆けゆくころか

――夕暮の中から早く呼び出してもう一度世に生まれくるため――

オリオン座見え初(そ)め秋は終はるらむ星を信ぜぬ恋の欲しきを

選(よ)り取りは自由　選(え)り抜く天体をもとより太陽系外女性

動物系漢方薬の利（きき）如何？　夜毎便器に星雲生ず

渦巻きて便器去る者その後（のち）を白一色にわれの零年

半生が白紙還元さるるならその後たちまち世紀改む

池の面(も)に蓮の枯葉が残りをり昔乗りしは胎児のわれか

世を捨てず　池畔に緋鯉滑り来てそれかあらぬか少女と化(な)りぬ

汗わづか香る身に三色の服　この前見しと同じ世の秋

たちまち二人晩年　夜の夢にいや夢の世に風ふきわたり

手をつなぎ渡りたかつた　線路脇　三色すみれ揺るるころより

思春期はまた巡り来むマイエルの『僧の婚礼』読みたるは　いつ

綺想曲第15番変イ長調「秋」完了。　二〇一八年十月九日

素足の天使のゐる風景

獣医科の前を過ぎれば人と成る前の香りもなつかしきかな

川底に展翅されたる過去のわれ　羽ひろげをり水流るのみ

チョコレートパフェを底から見る夜のこの何層の上の星空

清明（せいめい）は星浴びてのち眠るべしその温（ぬく）き血をわが身に移す

宇宙人神社境内に辿り着き往（い）にしか　さほど白き春昼

占星は神漏らしたる限りなるこのおそろしき生年月日

いつの世の緋の非も溶けて水面（みなも）なる月に李白の七言絶句

海峡を渡り来たりしはつなつの　素足がわが身を突き抜けて去る

三か月漢語(ハンユウ)学ぶ　海外(ハイワイ)に恋人あらば星越えて来む

フォルテにて誰が歌ふかまたの世の　いやシルエットこの世にて見ゆ

いつ暮るるともなく夕方続きゐてまだ見ぬ朝の景色さながら

押し入れに異形の幼児隠れをりそこまでの罪そこからの　神

われ未だ無き日より見る草原(くさはら)か百年前の同じ地に立つ

酔眼に映れる者はみな涼し　水星を歩む恋人たちも

母国語は親から　外語(ワイユウ)ひとりでに学ぶかつての記憶を覚まし

生まれたる市に飛地(とびち)ありいつの世に離(か)れしあなたか　今引き戻す

目薬を一滴　もとの薔薇色の海想(おも)ふべし誰と泳ぎし

母の日に北の花束贈りしが他（ほか）のしがらみ祖母の白髪（しらかみ）

オンシジウム黄色の花と決められて変異むらさき初夏（はつなつ）来たる

エグモント序曲の一節思ひ出す　クラリネット・ソロは蛇呼ぶごとし

地下道の半ばまで陽（ひ）が差し込みてさながら昔の初夏を歩みぬ

最終の輪廻の果てや初夏（はつなつ）の浜辺　隣に誰の影ある

わが加齢緩（かん）なる所以　過去世には鳥や虫魚のひととせのみか

足裏は痛し水晶露出せり世も過ぎし世も素足の曠野

中庭の池の水抜き　雷魚からひたひたと罪告げられてをり

想(おも)ふべし　七つの海に咲く花をすべて宇宙(そら)より眺めしは誰

高次方程式を解きぬ　青葉闇に突如浜辺の素足現はる

葡萄酒に漆黒の澱　この度の旅の初めの海底（かいてい）も見ゆ

風邪薬を洋酒に混ぜて飲む夜の机上きららに星生（あ）るる頃

高原に何か昔の恐龍がゐつ転生をゆめな願ひそ

酸漿(ほほづき)の稔りに隠れ麻痺の子が頬もさやかに少女を恋ひぬ

われ一人「ナイルの守り」奏づる夜　側にゐるよ(ジュヌヴキトパ)　と蛇夢に来つ

一度でも天才を振り向かせたし浜辺焼け尽きのちの世の夏

母国語の響きも著（しる）くわが耳の奥の渚を洗ふころかな

木管のピッコロ常に高音の鳴く虫のほかに生まれ変はれず

なぜ「罪」といふ概念を創始せし　もとより草花たちは許され

世捨て人何残しなほ世に生きむテニスコートに夕日迫るを

バス停の間隔短かしブザー押す指に瞬時は初恋戻る

紫陽花(あぢさゐ)は咲ききる　下の露草へ藍を零せる気配だになし

「不可能」を辞書すべてから切り抜きて舞ふ赤蜻蛉にまぎれ散らさむ

部屋隅(すみ)に硫黄燃やせし匂ひあり人目避け住む季節(とき)の名残に

わが身から去りたき心　台風や自然災害来たりし夜は

何病みても命拾ひす　ただ地軸傾き過ぎて夏の青空

なぜわれの側に来るのか身の外(そと)へ狂気を放つ老年紳士

リヤカーを引き元の校長　校内に色とりどりの駄菓子散らばる

梅雨入りは知らね梅雨明け一筆啓上　ただの年上異性に

避暑地から手紙送り来し友達　白亜紀のごとくわれ口閉づ

強風にて辿り着けざる海岸のホテルあるいは杳(とほ)き性交

釣船が夢の河原に座礁せしめざめに若き乳房を掴む

白壁に術(じゅつ)衰へて消ゆるよりかなたの浜にわが姿見ゆ

序曲第3番「夏」

胸に住む見知らぬ星の手掛かりかスコットランドの夏のみづうみ

手乗り文鳥籠に眠れり　てのひらにその体重をそつと移しぬ

知性感性天与とやただ癒えぬ一部　七月　砂に身埋(うづ)む

いつ晴るる身かはさて措き八月のこころの姉を海に誘はむ

朝に無く夜(よ)にのみ見えし洋菓子屋　今も名のなき幼児のよすが

手許（てもと）にはキプロス島のチョコレート職人は身体（からだ）が不自由やも

傍（かたは）らに電子計算機動き　わが内分泌おそらく正常

今日書きし日記午睡ののちに見て遠き昔のインクの匂ひ

烏孫われや　草の民にも降嫁てふ一縷の秋の夢の性交

演奏者亡き後もひびくフルートが草に隠るる子供を癒す

春に書き秋に送りし手紙よりいつの昔の若き返信

変身を望む？　知らず何償ひて今生いまだたけなはの夏

＊

水に漬け一度胎児に戻したきわが身体あり心の住まぬ

蒼き少女の幻想詩

助手席の霊の冷たき残り香(か)を窓開けて夏の夜に放ちぬ

父母以上の安否確認を冥界に恐る恐る聞くかもしれない

新しき煙草の箱の銀紙の裏にぞ残る遠き児童期

転校は父の勤務に依り異星まで　クラスメイトはみな蒼き肌

住む星を換へて過去世の罪も見ゆそのほとんどは青き地球に

父は技師われ創作者いつの世に親子逆転してゐたる過去

深夜より独(ひと)り作れるカクテルに母乳の香り　あなたは誰だ

神無月　北極圏から嬰児来てわが身冷やせりたちまち発ちぬ

雲居から排卵されて庭満たすゆふぐれの色　少女ほしきを

バスに乗り幼児の影が通ふ夜の池のほとりに光る病院

子を抱(いだ)く女性の後ろ老婆見ゆ　秋の坂道　透明の傘

女てふ器(うつは)ひそかに近づきぬ月の裏にてわが子孫栄(は)ゆ

傷跡がむささび型に残りをりどこの星より飛び来たりしか

コスモスの今日のすがたは明日(あした)より白色のみを先取りてをり

暗き部屋を出てアルコール買ひに行く　廊下明るし深夜なるらむ

少年に精液は満ち浜辺には貝殻たちの喜びの声

語を失す　ひたすら想（おも）ふあなたから異星の言葉が響き始めて

手の指が果てしなく伸び秋の庭　枯れ草の根をすべて摑みぬ

祖母亡くす先触れとして春の日に金管楽器ひびき渡りぬ

海馬腎（かいばじん）　漢方薬は海彼より眠れる分泌腺まで来たる

C計画途中で挫折?神社にはわが身を容(い)れぬ深き森あり

合奏にアルト独奏ソプラノのサックスの金色(きん)　夜の秋冴ゆる

窓外に身を見送りぬ　心のみ部屋に残りて世に繋(つな)がらむ

エアコンの秋の空気に晒されし記憶に青き平野ひろがる

背後よりわが身つらぬき立ち去らむ眼前にこの激しき紅葉(もみぢ)

ジーンズを初めて買ひし夕ぐれに風が締めたるわれの痩身

中学の自転車置場に夕日さし影重なりぬ　他所(よそ)に知る恋

染色体二十一番異常からかすかに逃れこの秋眺む

ただ一度泣く母を見きわが手とり季節は知らね青き太陽

アイスティー造り置きたる狂信の祖母　あの夏の白きエプロン

池の端（は）に止まるあまたの糸蜻蛉（いととんぼ）の羽を透かして遥けき未来

消防車響くいづこに火事ありや　因襲の家屋を心に燃やす

硝子器（がらすき）にキリンソウ活け仏前へ　この黄父母にはいかに見ゆらむ

一度だけディスコティックへ行きしこと　夜きららかに淡水魚住み

深海と空より知恵を呼び寄せて鏡に映す景色をつくる

紅葉の平野の地下の貝の色を幾度夢見しのちの初恋

療法はみな紫の光持ち　真の太陽の色と思ひき

半島の半ばに住みし二十歳（はたち）前　庭に沢蟹ゆるゆる歩む

外国語身に染みわたりゆつくりと話しだす過去わが住みし世を

里山を裏から見れば海までの道ひらけをり身を開きをり

秋の日の国民体育会は晴れ夏の名残の奇形生物

測定値男性機能健全にありあなたへの愛を届けむ

下水路の格子外(はづ)れて秋の陽に人目避け住む者らの姿

オルガンの陰に隠れて転校生が知能のごとき風まとひゐつ

ひとたびは異星に棲みて戻り来つ　あの日に会ひし女児が花嫁

心臓の音緩(ゆる)やかに眠るころ深海の魚(うを)や貝のいとなみ

わが身にも未知の星雲渦巻きて夜ごと清(さや)かに流星放つ

背後から下向きの丘つかみつつ蒼き少女を幾度も愛す

木陰には引き戻されし昔ありC（ツエー）調木管楽器横たふ

シーツ上みづみづしくて秋の朝この世に送る前（さき）の世眺む

二〇一九年十一月八日

春への仮説

ワクチンは混合されてその一種はるかの浜のポリオを招く

一人とる朝食　景色なきものの時のかなたの菜の花の郷(さと)

道具類たとへば筆記用具からクラリネットまで風に洗へり

窓辺には宗教団体訪れて長き話も春の先ぶれ

夢にのみ初夏の旧家へ　坂道を振り返り海は近しと知りぬ

階段を一段飛ばしに登り終へ崖の下なる幻の海

水泳に四肢正常に伸びてのち夢の夢なる春の髪撫づ

水盤に細き金魚を放ちけり深き海など永久(とは)に知らざれ

眠りには程(ほど)遠き身か前(さき)の世の終はりのねむり今宵のめざめ

解放に近き日もあれ　庭先の草花白し春の夜に這ふ

春正装　衣服はすべて透明と化し戯れの浜辺に返る

十八の夏

竹の橋わたる心もさやさやと身内（みぬち）の夏に誰招くべき

灰皿に向日葵（ひまはり）の種を燃やしけりその火が若きわが日々見つむ

扁桃腺の切除をしたる十八の夏の薬剤香る砂浜

汐風が郵便局に押し寄せて時を乱しぬ季節(とき)を定めぬ

トイレにはあちらこちらに陶器あり戯れてゐる白き霊たち

さも捨ててなほこの世にと願ふ夜の一輪挿しのブーゲンビレア

楽器吹く　いつか主客は入れ換はり風に吹かるる身も安からむ

客席は一部空席いや影が坐（すわ）りて杳（とほ）き拍手を送る

封筒が卒業写真を包みをり黄ばみ　なほさら若き香りす

冷蔵庫内　なにか涼しき音すれど何もなければわが過去冷やす

描きたる三角関数のグラフから再(ま)た巡り来むあなたとの夏

行進曲　淡如水――あはきこと水のごとし

姿なき奏者は風と知らるるを水草の根にひびく金管

葦の葉に鳴く虫たちも頻(しき)りにや今一斉の木管楽器

車内には馬追ひ虫のさみどりの秋も来たらず誰も来たらず

小指から順に指輪をはめてゆく　楽器奏づる第六指あり

第一子異変第二子以降なしと水に映れる青空うたふ

大空が落ち来てわれら彷徨（さまよ）ふも蒼（あを）き天衣の下なる一夜

男の子　熱に痺（しび）れて川上のミモザの咲ける夢に眠りぬ

歳晩は最晩年に似て遠き夜空の声にわが歌返す

わが第二思春期異星に遊び得き第五青年期までは確か

秋空にトランペットが響きをり川底のわが知性に届き

青年の血液型は不明なり幾度しらべて晩秋到る

葡萄酒がグラスの底に凝り(こご)をり誰に告げたる愛の跡なる

海に空映りて静か　偵察機反転しその青さに消えぬ

トリオ

駅を下り平野拓けてゐたることその後のみどり誰に譲りし

緑蔭に踏み石ひとつ影ながら若き指揮者がいまも立つ見ゆ

外したる眼鏡砂漠に捨て去りぬもとよりレンズ鉱物として

これだけは信ぜられないこととせり　腰より下に早春の宵

一管のピッコロとして響きくるあなたの声に水震へたる

葦の根がまづ知る夏か水音とそよぐ葉音のささやきを聞き

エンジニア機械油に香り立つ例へば父と呼んでみた日々

水底に透けたる魚（うを）や沢蟹の無言の歌に耳を澄ませり

真昼間や地球の裏の星空が水に滲み入るほどの涼しさ

葦の葉は春にひらきぬ水辺なるわが見ぬ思春わが識（し）る思春

ダ　カーポ

見降ろせば水やは消ゆる　月影が川面(かはも)抜け出しわれに寄り添ふ

漢文の返り点すべて消し去ればそのまま遠き砂漠の言語

水面はトランペットの音(ね)に震へたちまちわれの午睡の夢へ

めざめたる明日(あす)のあかつき照らす四方(よも)　世もまだ冥(くら)きかなたの渚

身の程(ほど)を知れと言はれて　くれなゐの霜柱立つ庭を思ひき

血縁はなけれど祖父は三木清　「仮説について」「希望について」

身の奥へ滴るごとき智慧がありほぼ本能に近き真夜中

握力が百十を超えわが額（ぬか）をみづから摑（つか）み今夜のねむり

夢に来る常（つね）の水辺の葦の原　一夜の恋が風に消えゆく

近き日に再た会ふとしも想ひ寝のそれは昨日の明日かも知れず

カデンツァ（ピッコロ独奏）

高校にセーラー服はなく今日も緑の女子が城跡通ふ

精鋭は何ぞ暫時の夢かぎり地底の浜の永遠の春風

太陽がもし恒星を外（はづ）れてもなほ夜にひらく花々あらむ

何人（なんにん）の涙こぼれて潟湖（せきこ）まで海との堰（せき）は切られたりしか

北辺はなほ淡水に葦の原　かはたれどきの風は恋人

旧友が寄こす手紙のくれなゐの切手の日附かすれて清か

*

初冬より幾日（いくひ）戻りて晩秋のトロンボーンの独奏つづく

旧友も既に三人世を辞しぬ「ア・デュウ」はいつか再会のため

八幡山トランペットの独奏に更に色付き木枯らしの音

下着のみ深夜に着換へ見降ろせるわが下半身いまだ青年

窓を開(あ)く　網戸にもせぬ晩秋の風はピッコロ誰(た)が奏しをる

初めての夜の世界の約束を神社境内白昼果たす

楽器店夜七時まで開きゐて金管の光にわが身統(す)べらる

水面（みなも）なる葦の枯れ葉を見つむれば急に緑化す　誰の仕業か

脳内に競輪場の夜（よ）は点（とも）りファンファーレ鳴る　眠りに就（つ）けず

砂漠にはかつて湖（うみ）あり葦の原みづみづとして全合奏へ

雨降れば駐輪場の屋根上の草もみどりに歌うたふべし

2020.2.24

永久の五月

理科室のシリンダー越し今も見ゆトリコロールのミドルティーンは

誰からも何の便りもなく過ぎて初夏の楓（かへで）のプロペラの羽

新幹線の駅まびかれて秘めやかに終着駅は地球の外へ

――おゝBoy!　もう一度だけ思春期に戻し彼女に会はせてあげる――

――いいえ、わが詠む歌すべて初夏（はつなつ）のメゾソプラノにひびく思春期――

天蓋に青く響ける楽章をひとりの胸になほ刻みをり

翻訳に見ぬ世の人を友とせる　いや見ぬ星の恋人の声

外出の禁止は続きなほさらに時なき宇宙（そら）の五月を夢む

青葉闇　先づ木管が現はれてそののち白きブラウスの袖

疫病の流行の街　普段見ぬ異形も夜に嬉しかるらむ

火のやうな記憶のやうなポストあり青葉の蔭に誰を待つとや

如何ならむ　もとより別の星に住む心の姉の永久(とは)の五月は

二〇二〇年五月十四日

浜辺の丘

脳内に過ぎし光を溜め込みて春のかがやく秋の海辺へ

浜の砂は踏まれて鳴くや車窓より一粒ごとの声は聞こえず

揺られつつ車内の仮睡　右側に透明の身の少女乗りくる

地曳き網　引きたる漁夫のおもかげが片目なきまま砂に消えゆく

バス停の文字削られておそらくは何も表示のなき日々あらむ

海光が真白く射(さ)しぬ過去未来なにもなき時バス停の昼

左手に石垣苺の生(な)る道を陸には棲めぬ者と歩みぬ

桜海老干されてさても時は時死後の恋あれ細ききみの手

死後なほも時は進まむ今日からと薄紅色の世界さへ見つ

干菓子一果　わさびの香り全身に汗さはやかに少年の時代（とき）

つづら折り　浜辺の丘へ階段は化石の香る心地こそすれ

化石群　恋も知らずに往にし声わが胎内の日々までひびく

石段を上る背後の海の色をいまだ告げたき者など知らず

参道にあきらめきれぬ志　海に胎児はただよふものを

四季は過ぎ　誰が身に宿す秋の海たつた一度は父にならまし

窓枠はみどり　晩秋とは言へどその網目より春の伝言

頂は見えゐて遠し鳴く鹿の声幻聴としてあまた降り来つ

手摺には見知れる霊が佇みぬここに靠(もた)れて誰を待つとや

風　海と空から吹かばくれなゐにこの地に燃ゆる時もあらなむ

疎林見ゆあらゆる風を吹き過ごし挫折を知らぬ者と崇(あが)めむ

開(ひら)けたる空に流るる雲ひとつ　いいえあなたは海の象徴

波もなき眼下の湾の鈍色は何も命のなき時代(とき)の裔(すゑ)

晴れわたる丘の頂　見はるかすわが過去の身の一部始終を

健やかに育ちし者は海風（かいふう）に包まれ生身の少女を抱（いだ）き

潮風に病みたる者は隻眼のひとみに映す　女生徒の影

呪詛もなし　汗に洗はれ跡もなき生誕の家にもはや戻らず

思春期に既に大人の体格の　分水嶺を超ゆる者達

傍(かたは)らに蝶の標本取り寄せて　色とりどりを異性と思(も)ひき

湾内を見下ろす丘のいただきにこの世にあらぬ恋人の声

汗繁し　自動販売機のジュース極彩色の体液招く

空と海ひとつに結ぶ丘に立ち携帯電話の画面漆黒

口辺の傷を知らずに舐めてをり　生まるる前の血の香りせり

再誕し眼下の海を泳ぐわれより着信はあり手許携帯電話（けいたい）

児童らが鳥居をくぐり登り来る既知の未知なるわたしの過去を

右側に異国の少女　手を取れば別のわが身に潮騒聞こゆ

凪(な)ぎゐたる英文法のやうな海　青きあなたの目に吸はれゆく

秒針が長針越ゆる度(たび)音す　麻酔にかかる心地こそすれ

丘を下り花びら型の灰皿が遺骨のごとく開く店あり

苺入りアイスクリーム舌の上（へ）にひやりと溶けしかりそめの春

秋風の冴えゆく卓に浜辺より姿なき者あまた寄り来つ

わが知らぬ恋の始まり　桜海老色のパートナーは水に棲むらむ

水棲の者らは移るベッドよりフローリングの床の共寝(ともね)へ

民宿のめざめは一人　霊としてのみゐるきみにくちづけをせり

影を抱くわが身の背後に延々と過去の家族が居坐りてをり

受肉してゆつくり青き目をひらく少女の海へ汐を返しぬ

理科室に人体模型置かれける記憶の奥の夏休みかな

骨格を正して朝の床に座す振り向きざまに消ゆる霊あり

地に触れず苺は生(な)りぬ空と海その間(あはひ)にて見ひらく瞳

眠剤は苦き緑に満ちみちて見ぬ世の朝を搬(はこ)び来る舟

丘からの昨日(きぞ)の眺めに重なりて浜辺を歩むわが妻子見ゆ

二〇二〇年十二月十日

クラウディウスへの伝言

なぜ日本　入江の葦のさざなみのしかもあの日に生まれたるとは

整形外科待合室に　人斬られ鮮血ゑがくコミック雑誌

校門の鎖(さ)されて後の夕闇を花壇に隠れ見送りし恋

自転車が草深町の坂上る　見えざる海が追ひかけてくる

卒業時スパンコールに包まれて少女片脚ごとにきらめく

夢にのみ交換日記綴りけりわが筆跡は美しかりき

新明解国語辞典を開くたび「動物園」はいつまでも冬

外国の切手収集　コスタリカならば作製年月不詳

左手に電話取るとき右の手を真青（まさを）なる掌（て）が握る気配す

ナイトバーその隣りなる小児科の真昼の窓を時が駆けゆく

生まれたる日の記憶あり　ありありと臍の緒切られ午后四時の部屋

日の暮れの鯨ヶ池（くぢらがいけ）ぞ寂しかる　水着の少女千人の影

シクラメン風に震へてなほ寒しサルビアに化（な）る夏の日を待ち

夜の町　各部屋ごとに華やげど仕切りの壁に眠れる者ら

硝子戸の外に眼窩の浮かぶ夜どんな供養をすべきだらうか

春来たり　北街道（きたかいだう）の外れには夢をうらなふ露店が並ぶ

様々の色のペンキを肌に塗る　ネッカチーフへ変身の夢

誤ちて異国の料理店に入り言葉通ぜぬ昼のやすらぎ

蛇類は酒に漬けられ幾年かその身透けたる春に眠りぬ

祭礼の見世物小屋は若葉陰　擬態の蛇はどこに潜むや

杉苔を炳乎(へいこ)と照らす水銀灯　夜ごと小人の祭もあらむ

教会に通ふ者らに伝へらる愛の可能と恋の不可能

悪はみな醜き顔に彫られをり　ひなげしの丘に建つ記念塔(モニュメント)

陶製の仮面割られて下の顔病めるを春の空に晒せる

菜の花の乱れゐる野に乳母車　電動車椅子と併走す

井川ダム細くも深く幸不幸二つに分かつ企みに似つ

どこまでが神仏の意志　門前にぐにゃぐにゃの子と若き母親

クラウディウス！　その遺伝子が遙遙と極東の身に流れ着くころ

春を行くトロール船の網にのみ古きローマは掛からむとすや

地中海机上に香る　スエトニウスの『皇帝伝』に栞を挿せば

牡蠣殻が店舗の脇に鎮まれり恐ろしき事も終はりたるべし

不良少年ある時神のごとく見え鳥居の下に煙草すふ影

皆同性愛と成りなば夜（よ）の町に人類以外の幼児さまよふ

清見潟（きよみがた）沖の漁船の底見上ぐ　海底に春がまなこをひらき

清明や　ガールフレンド領域へ初めて来たるあなたと森へ

弥生尽　木製車椅子朽ち果てて白き花咲く神社境内

巻貝が男子便器に置かれをり殻の奥なる汐の面かげ

港まで投函に行く異国籍少女、あなたの父への手紙

半島へ航空便を送りけりこの世へ手繰る次の世の恋

久々に異性と歩む清見寺(せいけんじ)　蘇鉄は眠る少女は稔る

恐々(こは)と湾岸高速運転す　アクセルを踏む　毀(こは)れゆく「時」

名も知れぬ拘縮したる生きものが夜の磯にゐる時刻（とき）も過ぎなむ

草原を駈けて来たりし声宿る　防風林の一本ごとに

切通し　春から夏へ移りゆくコンクリートの中のぬくもり

市境（しざかひ）のサービスエリアの檜林そのさみどりへ小人たち消ゆ

後部座席誰も乗らねば頭（づ）をよぎる記事にのみ知る車内性交

袖師坂（そでしざか）　帰路の左の海鳴りは「もっとすなほにお成りなさいよ」

左足のクラッチペダル無効なる懺悔のごとし高速道路

艶(あで)やかに松籟もあれ爛漫の黄砂流るる空に礼(ゐや)せり

助手席の妻の重みがしっとりと膝へ乗りきて夕やけの声

二〇二一年四月八日

反歌

朝ごとに時さかのぼる止まりには春や心の姉が手招く

あとがき

ある程度年齢を重ねてゆけば、取り返しのつかない残念なことも多くなりますが、創作はその思いを昇華させる方法ともなります。私の中に胚胎し、長年宿っていた創作のモチーフは、わずかな衝撃で一気に流れ出し、今回の連作短歌となったようです。

この「物語」は、作者の経験がヒントの一つにはなっていますが、フィクションであり、著名人及び歴史上の人物等を除き、登場人物及びストーリーは架空のものです。切実なモチーフを最も効率よく表現しようとする衝動は、私の場合、必然的にフィクションとしての短歌を創らせるようです。なぜなら、そこには、実現させたいけれどももはや現実には成し得ないから夢想が芽生え、そんな思いは簡潔に処理したい、という無意識が働くからでしょう。

自分の心の仕組みは、よくわからないものです。

もっとも、そのようなモチーフのあり方は、今回で終わりにしたいものです。身がもちませんので……最後の連作は、その「さよなら」の気持ちも入ってできあがったものでしょう。そう言ってしまうと、前言を少し修正して、フィクションが現実を引き寄せることもあるいはできるのか、と期待します。

世の中にはいろいろな人がいるのがわかってくるに連れ、何て不平等にできているのだろう、という感慨が湧いてきます。しかし、仕方がないのでしょう。そうした現象を運命というのでしょうが、容貌、知性、環境、才能にも、どうしようもない部分があるものです。ごく若い頃、受験勉強というもので努力の限界まで見届ける機会に恵まれたことがあります——。いや、その時、一首であれ、短歌で希望を語っていれば、現実は変わったかも知れませんね。

まあ、そんな湿っぽい話は措いといて、十分お楽しみいただければ、それに越したことはありません。

二〇一八年春から二〇二一年春までに創った四百二首で第八歌集といたします。

それでは、時節柄、みなさまの一層のご自愛、ご多幸を祈念し、擱筆いたします。

二〇二一年五月三十一日

大津 仁昭

歌集　天使の課題（てんしのかだい）

2021（令和3）年10月20日　初版発行

著　者　大津仁昭
発行者　宍戸健司
発　行　公益財団法人 角川文化振興財団
〒359-0023 埼玉県所沢市東所沢和田3-31-3
ところざわサクラタウン 角川武蔵野ミュージアム
電話 04-2003-8717
https://www.kadokawa-zaidan.or.jp/
発　売　株式会社 KADOKAWA
〒102-8177　東京都千代田区富士見2-13-3
電話　0570-002-301(ナビダイヤル)
https://www.kadokawa.co.jp/
印刷製本　中央精版印刷株式会社

 ISBN978-4-04-884454-3 C0092